少年傑森冒險記

雷弗島

羅莎 繪/著

目次

第一片——擱淺

在英格蘭的南方，有一個叫做「蒙敦」的小城市。

蒙敦市的每一個市民全過著衣食富足的生活，所以搶劫、勒索這類的犯罪行為在這裡當然不曾出現過。

蒙敦市，是一個充滿喜悅的地方，每個人的臉上都掛著燦爛的微笑。就算是陌生人，走近你身邊，也會對你點頭微笑。

除此之外，蒙敦還是個充滿禮貌的城市，大家總是把「請、謝謝、對不起」掛在嘴邊，讓這座城市的氣質提升了更多。

如果有一天，你走在蒙敦市唯一的海灘旁邊，看見一棟屋頂是帆船造型的白色小屋，別懷疑，那就是傳說中的「帆船屋」囉！

看見帆船屋後，轉動你骨碌碌的大眼睛，海灘上一定有一個正在製造船帆的男人，還有一個十歲左右的男孩在他的身邊繞著圈兒跑！那就是故事的大小主人翁——馬克和傑森。

這一天，馬克像以往一樣在海灘上製作船帆，傑森一個人在海灘上奔跑嬉戲。

跑著跑著，傑森突然在海灘的盡頭停下腳步。

他看著眼前無邊無際的海水，直直的通往遠方，最後和蔚藍的天空相連。他不禁懷疑：這片大海究竟通往哪裡？

他想要立刻知道答案，於是他回頭往爸爸的方向跑去，一邊跑一邊大喊：「爸！」

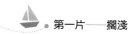

傑森的聲音實在太大了，不僅馬克從他的叫喊中抬起頭來，就連海灘上正在散步的爺爺奶奶也被他的叫聲嚇著。但傑森才不理他們呢，他只想快快知道海的另一端是個什麼樣的世界。

「天哪！傑森，你看看你，跑得滿頭大汗。」馬克拿起掛在自己脖子上的毛巾，為傑森擦去額頭上的汗珠。

「爸，海的另一端是個什麼樣的地方啊？」傑森將小手舉起，指向大海。

「海的另一端啊……」馬克將毛巾掛回脖子上，抬起頭望著大海好一陣子。

但是，馬克也不知道海的另一端有什麼。他雖然製作船帆，卻不曾搭船出海過，也不曾離開過蒙敦市，怎麼可能會知道蒙敦市以外的世界是什麼樣子呢？

所以，他只能用困惑的表情面對傑森，然後告訴他：「我也不知道耶！」

「什麼？爸，你怎麼可能不知道啊？」傑森的臉上頓時寫滿了失望和落寞。

不過，這種失望通常只會持續一下子，因為傑森的好奇心比同年齡的任何一個孩子都來得重，不知道的事情，他一定要知道了才會善罷甘休。

「爸爸生在蒙敦市，長在蒙敦市，到現在四十幾歲了還在蒙敦市，從來就不曾到外地去看過，更不用說海的另一端囉！」馬克苦笑著，不好意思的對傑森說。

傑森看看大海，再看看爸爸，然後他拿起地上船帆的一角。

「爸，你製作船帆，卻沒有好好利用它們，難道不會對不起它們嗎？我們這次，就好好利用它吧！」

馬克看看船帆、看看大海，思索了一會兒，才回過頭來堅定的看著傑森：「兒子，你準備好要當一名出色的水手了嗎？」

「嗯！」傑森綻開笑容看著爸爸，使勁的點頭。

「那麼，我們的冒險準備要開始囉！」馬克一把抓起地上的船帆，一手牽住傑森，兩個人滿臉笑容的往帆船屋行動。

隔天早上，蒙敦市的海灘上多了一艘寶藍色的帆船。

沒錯，那就是馬克和傑森的帆船。

前一天他們兩人決定到海上探險後，晚上立刻將家當都收拾好，馬克甚至連帆船屋的生意也不做了，就在門前立了一塊「公休」的牌子。

將近正午時分，海面相當平靜，天上的太陽散放和煦的光芒，雲朵則輕鬆漫步著；然而蒙敦市的海灘上卻不像天空這麼安祥和諧。

不知道什麼時候開始，馬克和傑森的帆船邊聚集了越來越多的人。

「馬克，你一定要想清楚啊！」

「你們別傻了，這樣做跟送死有什麼兩樣？」

「就是啊。如果在海上遇到暴風雨，是沒有人救得了你們的。難道你們要用這種方式結束生命嗎？」

「現在後悔還來得及，快把東西拿下船，回帆船屋去吧！」

蒙敦市的市民們聚集在海灘上，你一言我一語的苦勸著馬克和傑森，但他們卻好像耳朵被封死了一般不為所動，繼續把他們的行囊放上船。

蒙敦市的生活的確非常好，可是對他們來說，「挑戰」才是他們真正嚮往的生活，於是他們心裡的「冒險精神」被海浪激起了，也被太陽燃燒了。

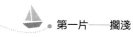

從蒙敦市的海灘開始，一場海上冒險之旅將要展開！

揚起帆，馬克和傑森開始一段海上漂流的歷險記。

風把船帆吹鼓，帆船離岸邊越來越遠，蒙敦市的海灘也越來越小，一直到最後根本就看不見了，整艘帆船都被海水包圍，除了天空中的太陽、雲朵和正在翱翔的海鷗以外，剩下的只有汪洋一片。

「呼……這感覺真棒！」傑森伸了個大大的懶腰，滿足的對爸爸微笑。

「可不是嘛，這可是我這輩子第一次享受到被海水包圍的感覺呢！」馬克伸出雙手摸摸冰涼涼的海水，也滿足的回給傑森一個微笑。

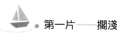

「再過不久，我們就會知道海的另一端是個什麼樣的世界了。」傑森往眼前的大海看去，「我猜，那邊一定有好吃的食物，華麗的城堡，還有善良的人民。」

傑森每講一樣東西，馬克就像讚許似的點點頭，最後他甚至說：「而且我相信啊，我們不會再回到蒙敦市了。」

「為什麼呢？」他的這句話倒讓傑森大感驚訝，畢竟蒙敦市可是他生活了十年的地方！

「我相信海的另一端，一定有更棒的新生活在等待著我們。」馬克一臉堅定的說完，就往身後的船板躺去，閉上眼感受海風的吹拂。

剛開始，傑森還目不轉睛的盯著海面上的波浪，眼珠子跟著波浪滾過來滾過去，但是隨著時間的流逝，他的眼睛似乎也厭倦了這個遊戲，不知不覺當中，他就像爸爸一樣，在船板上睡著啦！

當他們再醒過來的時候，太陽已經快消失了，天空也只剩下一點點的昏黃。

傑森赫然發現，船帆在他們睡著的同時，早就被海鳥撞出大洞了。現在，帆船根本不受風的控制，反而是在海上漫無目的的漂流。

「爸！」傑森抓住爸爸的手臂大叫，「你看！船帆破了！」

比起傑森的驚慌，馬克鎮靜許多。

他安撫的摸摸傑森的頭，說：「別怕，爸爸早就料到船帆有可能會破掉，所以準備了其他的船帆哦！」

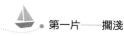

馬克得意的往身旁摸索，試圖拿起另一塊船帆，沒想到卻什麼也沒摸著。

「根本就沒有船帆啊！」傑森莫名其妙的看著爸爸，他真的好害怕他們父子下一秒就要葬身在海裡。

馬克無奈的看著傑森，父子倆就這樣沉默對坐了幾秒鐘。像是在腦袋裡思考解決的方法，又像是對人生已經絕望了。

後來，傑森先開口了。

「爸，我們雖然沒有完整的帆，但至少有完整的船啊！」傑森一向樂觀開朗，即使面對問題也一樣保持著一顆樂觀的心，因為他相信——沒有什麼事情是壞的，上天只是在利用困境考驗他們的決心。

傑森的話激勵了馬克。沒錯，任何的困境都會有解決之道的，上天只是想考驗我們的決心能夠被磨多久，只要熬過了，未來就會一片燦爛！

「好，那我們只要確保船身不進水，照樣可以漂到海的另一端！」馬克用熾熱的眼神看著傑森，傑森也還給他一個大大的笑容。

他們就這樣乘著一艘破帆船，漂流了三天三夜，最後終於擱淺在一片細白的沙灘上。

第二片——雷弗島

過了好長一段時間，馬克才從昏睡中醒來。

他揉揉惺忪的雙眼，適應眼前的黑暗，突然發現他們的帆船早就不在海上漂流，而是擱淺在沙灘上。

「嘿！傑森，你快起來。」馬克輕拍還在沉睡中的傑森。

「幹嘛？」傑森費力的睜開眼睛，在黑暗中尋找爸爸的臉龐。

「我們靠岸了。」

「真的嗎？」傑森環顧四周，發現帆船停在沙灘上，他興奮的抓起一把細沙往天上拋，「所以這裡，就是海的另一端囉？」

「大概是吧。」馬克也不敢完全肯定。

「那我們來看看這裡是什麼地方好了。」傑森說著就跳下船，在海灘上奔跑起來。

「你這孩子，真受不了你耶！」馬克笑著搖搖頭，也跟在傑森的屁股後面往海灘的另一邊跑去，只留下孤獨的破帆船停在沙灘上。

不一會兒，就傳來傑森的叫聲。

「嘿！是雷弗島耶！」

「雷弗島？」馬克小聲複誦一次，「這是什麼奇怪的名字啊？」

馬克從背包裡拿出地圖，從上看到下，再從右看到左，從南看到北，再從東看到西，就是找不到這個叫「雷弗」的地方。

「爸，你行不行啊？」傑森看爸爸找了半天都找不出個所以然，受不了的碎碎唸著。

「沒有啊，地圖上根本沒有這個地方。」馬克又仔細的看了一次，然後反問傑森，「你確定你沒有看錯？」

「雷、弗、島。那麼大三個字寫在那裡，怎麼可能看錯嘛，不然你再去看一次啊！」傑森對於爸爸的懷疑感到生氣極了，他用力的指著幾公尺外的木牌，要爸爸自己去看個清楚。

「好好好，我相信你。是我的眼睛老了，不中用了，才找不到地圖上有這個地方。」馬克無奈的揉揉眼睛，把地圖遞給傑森，「換你來找吧！」

可是，就算是年輕了三十歲的眼睛也同樣不中用。

傑森像馬克一樣，從上看到下，再從右看到左，從南看到北，再從東看到西，最後他甚至把整張地圖都翻過來了，也一樣找不到這個叫「雷弗」的地方。

「爸，我也找不到耶！」傑森搔搔頭，不好意思的看著爸爸。

馬克憐愛的摸摸傑森的頭，微笑著說：「沒關係，別氣餒嘛！地圖上沒有的地方才是好地方，代表這是一個沒有人知道的美好世界！」

「那我們要留在這裡囉？」

「嗯，就當是探險活動吧！」

在海上的冒險之後，馬克和傑森的陸上探險活動開始了。

破帆船擱淺的地方，是雷弗島西邊的海灘，也是島上唯一的海灘，因為雷弗島的地勢由西向東漸漸攀升，東邊就是懸崖了。

從沙灘開始，要先穿越一片森林，才會發現雷弗島其實有人居住。

馬克和傑森父子倆手牽著手，大步跨過這片細白的沙灘，好不容易才在沙灘的盡頭找到穿越森林的小路，只是裡頭伸手不見五指。

「爸，森林裡面烏漆抹黑的，看起來好可怕，我不要過去。」

傑森還沒踏進森林小徑就整個人縮在一起，讓馬克又好氣又好笑。

「上來吧，我背你。」馬克在傑森前面蹲下，示意傑森跳上他的背。

最後，傑森是安穩的被馬克背過森林小徑的，而且還不客氣的在他的背上睡著了。

森林小徑，雖然稱做小徑，卻不是一條短短的小路。馬克花了將近十五分鐘才到達小徑的另一端，而且過程中小徑兩旁還不時傳來狗叫聲，讓馬克膽戰心驚的，直到通過小徑，他才真正鬆了一口氣。

森林小徑的這一端，有馬路、有街燈、有房屋，和小徑那端的沙灘有著天壤之別，但是馬路上依舊一個人影也沒看見。

馬克背著傑森，沿著馬路慢慢踱著，來到一間小木屋外面，小木屋的窗戶裡透出燭光，看起來非常溫暖。

他走到小木屋的門口，這才看見門上的字：亨利小屋。

看來，這間木屋的主人，就是亨利先生囉！

馬克放大膽子，在門上敲了幾下，「請問有人在嗎？」

不一會兒，門被打開了，一個胖胖的臉頰從門縫裡探出來，

「哪位啊？」

「我是從外地來的，船帆破了，我和我兒子在海上漂流

了三天三夜才擱淺在你們的沙灘上。請問，你可以讓我們留下來住幾天嗎？」

門縫裡那顆頭停頓了一會兒，像是在思考，然後門咿呀的打開了。

「歡迎你們來到亨利小屋，請進來和我一起晚餐吧！」

於是，馬克和傑森加入了亨利的晚餐，三個人在餐桌上聊得不亦樂乎。

亨利從出生開始，就在雷弗島居住，一家人世世代代都是農夫，從來沒有到海上去過，因此他對海上的事物十分感興趣，對蒙敦市的種種也非常好奇。

「你說你們是從一個叫做蒙敦市的地方來的，那是個什麼樣的地方呢？」

「那裡有很棒的生活，有很棒的人民，每個人每天都把微笑掛在臉上，而且大家都非常有禮貌哦！」

「那海上的世界又是什麼樣子呢？」

「大海很藍，很漂亮。天上有燦爛的陽光，有美麗的雲朵，還有各式各樣的海鳥，尤其海風吹過來的時候，最舒服了。」

「真好，我只有在雷弗海灘上看過海，連碰都沒有碰過呢！」亨利羨慕的說。

當天晚上，他們三個人睡著之後，都分別做了幸福的夢。

馬克夢見他和傑森在雷弗島過的新生活，日出而作、日落而息，愉快而且幸福。

傑森夢見他和爸爸又一次的出海，這一次來到大海的盡頭，只要一伸手就可以摘到星星、月亮，他在夢裡笑得多麼開心。

亨利則受到晚餐時聊天的影響，他夢到自己乘著一艘小帆船，行駛到大海中央，和海鳥一同感受被大海包圍的滿足。

隔天，他們在一陣鳥叫聲中甦醒。

愉快的早餐及聊天之後，馬克和傑森加入了亨利及其他農夫耕種的行列，在農地上犂田、插秧，種植各式各樣的穀物，一轉眼就到了正午時分。

頭頂上的太陽毒辣辣的，正好和迎面吹來的海風中和成最舒服的溫度。

午餐時，大家在農田邊圍一個圈子坐下，拿出各自的便當和其他人一起分享，一邊吃一邊談天。

馬克和傑森滔滔不絕的說著蒙敦市，說著大海的故事。

「我爸爸在蒙敦市是一個製作船帆的人，但他做船帆做了大半輩子，這竟然是第一次出海。」傑森對著大家說。

「我只是捨不得離開蒙敦市嘛，畢竟我生也生在那裡，長也長在那裡。」馬克連忙向大家解釋。

「嗯……就跟我們一時間離不開雷弗島一樣吧。」一個農夫看看剛才栽種好的農田說。

「要換作我，也沒有那份勇氣坐上帆船去冒險。」另一個農夫若有所思的看著遠方的大海，心裡卻怎麼也想不透在遠到看不見的那個地方竟然還有其他的城市。

「說到雷弗島，我真的覺得你們這個地方不錯耶！」一提到雷弗島，馬克忍不住豎起大拇指，「你們這裡風景美麗、物產豐隆、天氣晴朗，更重要的是你們的人民都好善良。」

「是嗎？你真的這麼覺得？」亨利不可思議的睜大眼睛看著馬克。

「嗯。」馬克堅定的點點頭，然後反問農夫們，「難道你們都不覺得嗎？」

「噢，當然不是，我們都這麼覺得，只是你才剛來不到一天，就對雷弗島這麼讚嘆，讓我們有點驚訝罷了。」

「原來是這樣啊……」

傑森本來只是專心的吃著午餐，有意無意的聽著旁邊的叔叔、伯伯們談天，但這時候他突然覺得氣氛變得有些奇怪——雷弗島除了風景美麗、物產豐富以外，似乎還有其它不可告人的祕密。

另外，他還發現了一件更怪的事情。

正常人在受到稱讚時，應該會露出的喜悅笑容，在雷弗島人的臉上卻完全看不見。傑森開始回想從昨天到現在這些時間裡發生的事情，他好像從沒看過亨利叔叔的笑容，現在除了亨利叔叔以外，這麼多的叔叔、伯伯，也沒有人露出半點笑容，實在是太奇怪了。

所以他的好奇心又被激起了，他一定要揪出雷弗島的祕密！

第三片——艾瑪

「爸，你有沒有注意到亨利叔叔怪怪的？」晚上睡覺時，傑森躺在馬克旁邊，將中午吃飯時得到的感覺告訴了馬克。

「怎麼樣怪怪的？」

看起來馬克絲毫沒有注意到亨利和其他農夫不尋常的表現。

「今天你在稱讚雷弗島的時候，他們好像一點也不贊同你的說法耶！」

「哦！你是說亨利那句『你真的這麼覺得』嗎？」馬克總算想起來午餐時發生的事了，但他還是不覺得那很奇怪，「我想，那只是他太習慣這個地方，才對我的說法不以為然啦！」

「才不是呢！」傑森反駁他，「我今天啊，覺得雷弗島上的人好奇怪哦！就算是稱讚他們，他們看起來也一點都不開心的樣子，好像你在稱讚的根本不是他們。」

「是這樣嗎？」馬克還是有點懷疑。

「真的。」傑森非常肯定的說，「你仔細回想他們今天的反應，或者你可以回想昨晚亨利叔叔的表情，他們完全不會笑耶！」

馬克聽他這樣說，真的閉上眼睛仔細回想這兩天發生的事情。

好像是這樣耶！打從昨天進了亨利小屋開始，到今天早上下田耕種，中午一起吃午餐，大家的臉上好像都不曾有笑容。馬克這才相信傑森說的話。

「但是，不會笑又怎麼樣呢？」馬克覺得很奇怪，又沒有人規定活著一定要笑，就算雷弗島上的人都不會笑也不能算是一種錯吧！

「爸，上天製造人類，給人類的表情有喜、怒、哀、樂四種，只要活著，就一定會有笑容，雷弗島上的人會這樣子一定有原因。」傑森像個小偵探似的，「而且，一定有不可告人的原因。」

「那又怎樣呢？」

「我一定要查出造成這種情況的原因！」傑森鄭重其事的宣布了。

「你不怕踩到地雷啊？」馬克試圖阻止兒子。

「爸，我們這次來到這個新世界，不是要來冒險的嗎？如果你連這一點小小的活動都不參與，哪還能叫做冒險啊？」傑森使出激將法，想讓馬克加入這個偵探的行列。

馬克想了一想，實在沒有辦法，只好答應。

這下子，偵探人數增加到兩人了。

有一天，傑森想到了一個辦法。

他在耕種工作告一段落，大家又在田邊圍圈吃午餐聊天的時候，自告奮勇的說了一個笑話。

「叔叔、伯伯，我今天要講一個笑話給大家聽。」

沒想到大家竟然異口同聲：「笑話是什麼啊？」

傑森只好解釋：「就跟故事一樣，是一個短短的、幽默的故事。」

然後在心中納悶，原來雷弗島不只島民沒有笑容，竟然連笑話都沒有聽過，真是太奇怪了。

在聽完笑話後，大家的反應讓傑森更加挫折。

所有人，只有馬克一個捧腹大笑，剩下的若不是面面相覷就是面無表情，連嘴角都沒有牽動一下。

不過，這正是傑森預料中的事，也是他們得知雷弗島民沒有笑容的原因唯一的方法。

「咦？你們怎麼不笑啊？」馬克慢慢止住笑聲，回頭問身旁的亨利。

亨利一臉疑惑的回答：「這種故事原來需要笑喔？」

馬克真是被打敗了，世界上竟然有人不知道笑話需要笑的。

「是啊，笑話就是拿來讓人開心的。你們怎麼都不笑啊？」

馬克為大家做解釋，順便想從農夫們口中套出一點訊息。只是農夫們完全沒被他騙倒，匆匆吃完午餐就回到工作崗位了，只留下馬克和傑森兩個人無奈的望著對方。

最後他們決定對亨利下手。

傍晚，工作結束後，傑森立刻飛奔到亨利身旁。

「亨利叔叔，你一定知道雷弗島上的人為什麼不笑吧？」傑森使出裝無辜的功夫，痴痴望著亨利，「請你告訴我好嗎？」

「哎呀，你這孩子，別問了！別問了！」亨利揮揮手，無論如何都不願意回答傑森的問題。

「拜託嘛，亨利叔叔，請你告訴我。」傑森還是不放棄，死命巴著亨利，好像不達成任務絕不罷休的樣子。

「跟你說了就能夠解決嗎？」亨利的火氣大了起來，「既然沒辦法解決，那幹嘛要知道呢？」

被這麼一吼，傑森完全不敢再多說話了，只好默默回到爸爸身旁。

「怎麼了？」馬克拍拍傑森的頭，「惹叔叔生氣了？」

「嗯。」傑森落寞的看著亨利叔叔的背影，「就算不想說也沒必要這麼兇吧？」

「別放在心上了，每個人都有自己的祕密嘛！有的祕密會想和人分享，有的祕密卻只想自己偷偷隱藏，亨利叔叔也一樣啊！」馬克安慰他。

「但我就是想知道嘛！」傑森無法克制自己的好奇，他想知道的就是一定要知道！

「不過，既然雷弗島上的人都不願意談這件事，我看我們也該是時候放棄了。這些祕密就留給他們自己吧！」馬克試圖扭轉傑森的想法。

傑森並沒有回答爸爸好或不好，因為他的好奇心就像一把火，不是這麼容易能被澆熄的。

就算大家都不說，他也會找到機會揪出祕密！

沒想到，這個機會來得這麼快。

夜裡，爸爸睡了、亨利叔叔睡了，只有他一個人睡不著，他躡手躡腳的出了亨利小屋，到草皮上躺著看星星。

正當他看著美麗星空發呆的同時，一個聲音把他嚇得坐起身。

「喂！」

回過頭他才看清楚，對方是個女孩。

「妳是誰？」

「你是傑森對吧？」女孩說。

「對，我是傑森。那妳又是誰？」傑森有點害怕，這個女孩怎麼會知道他的名字。

「我叫艾瑪，住在亨利小屋裡，亨利是我爸爸。」

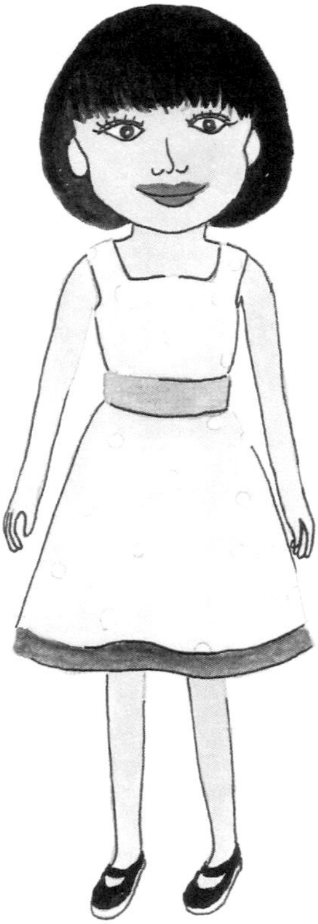

「妳是亨利叔叔的女兒？」傑森覺得更奇怪了，他不記得亨利叔叔有女兒啊，「那我怎麼沒有看過妳？」

「我平常都在地下室裡，你當然沒有看過我囉！」艾瑪為自己一流的躲藏功夫感到得意。

「妳躲在地下室裡？」傑森很驚訝。

「是啊，我吃在那裡、睡在那裡，無論做什麼都在那裡。」

這時候，傑森突然發現，艾瑪也沒有笑容。

「嘿，我突然發現妳和妳爸爸好像哦！你們都不會笑！」

「這樣看來，你應該要覺得雷弗島上的所有人都很像才對呀！」艾瑪糾正他，「我們都不會笑。」

這是雷弗島上第一個願意面對這個話題的人，而且她還是個女孩，這讓傑森相當訝異。

「為什麼呢？為什麼你們都不會笑？」傑森終於提出了他最想問的問題。

「你真的想知道？」艾瑪懷疑的看著傑森。

傑森不畏懼她的目光，因為他真的很想知道，所以他用力的點頭。

「好，那我就告訴你。」

星空底下，十歲的男孩女孩躺在草皮上，吹著從森林那邊的海上飄來的海風。

一個故事將要從女孩的嘴裡飄出，然後被海風送進男孩的耳裡。

第四片——真相

躺在草皮上，艾瑪將手指向東方。

隱藏在一排一排房屋之後，很遙遠很遙遠的地方，可以看到幾座尖塔，那就是蓋在城堡頂端的尖塔。

在雷弗島最東邊的高地上，存在著一座用暗紅色磚頭砌成的城堡。雖然城堡華麗、周圍又存在全島最美麗的花花草草，但那

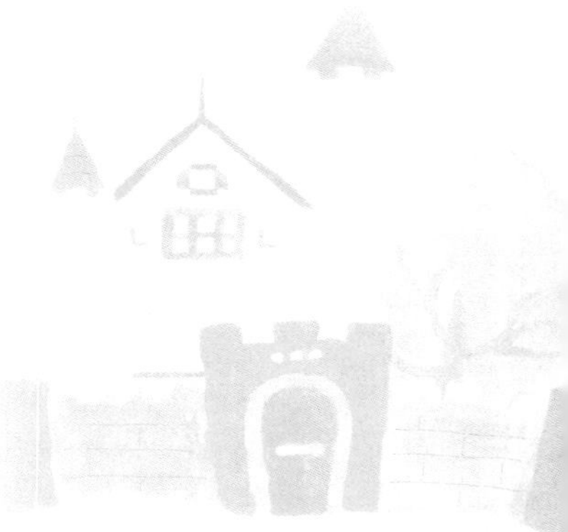

卻是雷弗島上的人民最討厭的一個地方。

「怎麼會呢？」

傑森實在想不透，城堡應該是最氣派，最令大家喜愛的地方吧！

「因為那座城堡裡住著一隻可怕的怪獸，所以大家都很害怕。」艾瑪嘟著嘴，生氣的說著。

「怪獸？」傑森嚇了一跳，如果城堡裡住著怪獸，雷弗島怎麼還有人願意住呢？難道他們不怕被怪獸吃掉嗎？

「沒錯！那個凱爾國王簡直就是一隻怪獸！」艾瑪恨恨的揮起拳頭。

「凱爾國王？」傑森恍然大悟，原來艾瑪只是把一個國王比喻成怪獸，「他很像怪獸啊？」

「不只像，根本就是！」

原來，雷弗島有個傳統，不知道是從什麼時候開始的。

國王居住在城堡裡，金銀財寶、大魚大肉樣樣都有，甚至擁有至高無上的權力，但這些卻填不滿他們無窮無盡的欲望，他們還想得到更多東西。

於是，這個傳統就被訂定下來：雷弗島上所有島民必須輪流到城堡裡表演取悅國王，讓國王展現笑容，如果無法達成這個目標，就得將家裡最珍貴的物品送進國王的城堡。

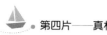

「這是什麼奇怪的傳統啊？」傑森從來沒想過世界上有這麼不可思議的事情，在他們蒙敦市就從來不曾發生取悅市長這種事。

「唉……我也不懂，從我出生這個規矩就定在那了。」艾瑪攤攤手表示無奈。

「那，從以前到現在，有國王笑過嗎？」

「以前的國王我不知道，我只知道，打從我出生到現在，從來沒聽說有人能讓凱爾國王開懷大笑的，他啊，甚至連一點點嘴角上揚的微笑都不願意給咧！」

一輩子沒有笑容的人還真是讓傑森不敢見識，雖然雷弗島上的人民都是這樣，但至少他們都是好親近的；而那個凱爾國王，聽起來似乎不只連笑都不願意，還可怕得像噴火恐龍。

凱爾國王在艾瑪出生前二十年就繼位了，他從出生開始就沒笑過，成天板著臉孔。

凱爾國王的城堡裡到處都是用黃金打造的物品，黃金碗盤、黃金湯匙，就連他睡的那張床都是用黃金做的。除此之外，在城堡裡頭還有一間藏寶室，堆著祖先流傳下來的寶物、寶石，還有各式各樣奇特的東西，只是，這些都無法滿足他空虛的心靈，他還想要更多、更多……

「所以大家平常都在為了取悅凱爾國王而煩惱囉？」

「當然。又要思考怎麼樣表演比較好，又要先想好國王如果沒笑的話要進貢什麼東西。我們啊，光煩

惱就快把時間用光了，哪還有剩下的時間能笑啊？」

原來這就是雷弗島上沒有人要笑的原因，實在是太奇怪了。

也難怪馬克稱讚他們島上風景美麗、物產豐隆、天氣晴朗，這麼多的優點他們都不以為然，因為他們都一直在煩惱讓凱爾國王發笑的事，根本沒有空去欣賞他們居住的這個地方嘛！

「你們真是太浪費了。」沒頭沒腦的，傑森就突然說了這麼一句。

「咦？」艾瑪嚇了一跳，趕緊問，「我們怎麼樣浪費了？」

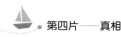

「上天給你們喜怒哀樂的權利，但你們卻平白無故把笑容這份喜悅給忘了，你不覺得有點浪費嗎？」

艾瑪點點頭，她其實覺得傑森說得很有道理，但她又有什麼辦法？從她出生開始，雷弗島就是這個樣子了，怎麼可能在短時間內改變呢？

傑森還沒說完呢，「上天給你們雷弗島，給你們豐富的物產、美麗的風景，這一切都是你們喜悅的來源，但你們卻因為凱爾國王把這些美好的事物都忘在腦後，這也是另一種浪費啊！」

「傑森，你說得很對。」艾瑪看看傑森，又無奈的嘆口氣，「只是，這座島並不是我一個人的呀！我年紀這麼小，哪有那種能力改變他們那些大人？」

艾瑪說的其實也很對，大人早就習慣了他們習慣的事物，一時之間要他們改變好像也不大可能。

可是，就這樣放棄開懷大笑的機會，對雷弗島的人來說不就太可惜了嗎？

「唉……」想不到法子的傑森只能對著滿天星星嘆氣。

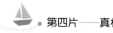

「難怪爸爸會叫我把嘴巴閉緊，別把這件事情告訴你和馬克叔叔。」艾瑪兩眼盯著傑森茫然的臉，「如果你們不知道，就可以少兩個人煩惱，但現在可好了，連你也要和我們一起喪失微笑的權利了。」

聽了艾瑪的話，傑森想起下午亨利叔叔對他的吼聲。

「我真的沒有辦法能夠解決嗎？」傑森看著正在微笑的月亮，自言自語的吐出這麼一句，但突然他就有了信心，「不！我一定會有辦法的！」

他的眼神中閃耀出燦爛的光芒。

「艾瑪，我們兩個雖然是小孩，但那並不代表我們沒辦法改變世界。我相信只要從我們開始，慢慢的，大家都一定會改變。」

「可是傑森，我們需要改變的，應該是凱爾國王吧？」

「……」

艾瑪的話讓傑森陷入沉默，他開始思考這一整件事的來龍去脈。

真正的問題好像就像艾瑪說的，出在國王的身上。如果有辦法讓國王笑，或者讓國王收回這個莫名其妙的命令，雷弗島的人民就不必再費盡心思準備娛樂國王的節目，大家就有時間欣賞島上的美景，也就有時間笑了。

可是，要怎麼改變國王呢？

兩個小孩，光是改變大人都很不容易了，何況那個高高在上的凱爾國王？

傑森的眼珠子，在星星與星星之間不斷來回晃動，一邊思索著有什麼辦法可以改變凱爾國王，不知不覺的，他就在星空下的草地上睡著了。

帶點鹹味的微風吹拂著他的髮絲，把他吹進美麗的夢裡。

早晨，鳥兒的叫聲和爸爸的呼喊混在風裡，吵醒了正在夢裡微笑的他。

他坐起身感受陽光溫暖的照耀，卻發現躺在他身邊的艾瑪早就不見人影。

「傑森，我還以為你不見了，把我嚇得半死。」

馬克一早醒來發現傑森不在身旁，還以為他出了什麼意外，現在在屋前的草皮上看見他，才鬆了一口氣。

「爸，早。」傑森伸伸懶腰向馬克打招呼。

「怎麼不睡床上，偏要跑出來睡在草地上呢？」馬克對兒子奇怪的舉動感到有些疑惑。

「呵呵……我昨晚睡不著出來走走，躺在草地上看星星，不知不覺就睡著啦！而且……」傑森本來想跟爸爸分享「遇見艾瑪」和「凱爾國王」的故事，又突然想到這應該是他和艾瑪之間的祕密，只好隨口說，「而且這裡星星好多好多，可能是蒙敦市的好幾倍哦！爸，我們下次一起看星星好嗎？」

馬克看著兒子燦爛的笑容，笑著摸摸他的頭，然後答應，「當然好啊！」

傑森仰頭看看爸爸，在心裡偷偷的跟爸爸說聲對不起，因為他既沒有告訴爸爸有關艾瑪的事，也沒有告訴爸爸雷弗島人不笑的原因是因為可怕的凱爾國王。他不要爸爸和他一起煩惱，只打算自己想辦法解決。

他相信爸爸會了解的。

就像艾瑪說的，少一個人煩惱就會多一個人微笑。

那麼，和爸爸一起看星星，就擺到「讓凱爾國王發笑」之後吧！

傑森相信自己一定會成功的！

第五片——方法

自從那個晚上，傑森從艾瑪那裡得知雷弗島人不笑的原因是因為凱爾國王的蠻橫之後，已經好多個早上，他沒有到農田裡幫亨利叔叔和其他農夫叔叔耕種了，因為對他來說，找出解決方法才是最最重要的事。

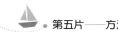

這幾天，他都和艾瑪在一起，一邊討論可行的方法，一邊談天說地。

「你知道嗎？到城堡裡取悅國王，已經快要輪到亨利小屋了。」艾瑪在地板上，手捏著黏土，眼睛則盯著傑森。

「那，你們要拿什麼出來表演？」傑森替艾瑪感到緊張，「你看亨利叔叔每天都忙著種田，哪有時間準備表演啊？」

「所以我才在捏黏土啊！這次我們想用陶偶來表演，演出一場戲劇。」艾瑪說著拿出早已經捏好的王子和公主，「你看，他們是王子和公主。希望這次凱爾國王看了可以開心的笑一下，這可是我現在最大的願望呢！」

艾瑪挑起傑森對於表演內容的興趣了。

「從以前到現在，大家都準備了哪些表演啊？」

「大部分都是歌舞劇，可是歌舞劇要用的人手太多了，我們家就只有我和爸爸兩個人，根本沒有辦法準備歌舞劇，所以我們幾乎都是用人偶來演出。」

「所以表演那天，你會和亨利叔叔一起到城堡去囉？」

「沒有，爸爸不讓我去。」艾瑪搖搖頭。

「那亨利叔叔是自己一個人表演啊？」傑森很驚訝，「為什麼？」

「是啊，一直以來都是這樣子。」艾瑪點點頭，「爸爸說，我是他最珍貴的寶貝，他不希望表演結束之後，凱爾國王要他拿出最珍貴的寶貝時他必須交出我，所以我只負責把道具做好，其他的就交給他去做了。」

傑森終於懂了，難怪他來到雷弗島好多天以後才和艾瑪第一次見面，天還沒亮艾瑪又消失了，而且艾瑪還住在陰暗的地下室裡，就是不想要被人發現。

在他恍然大悟的同時，完全沒發現艾瑪早已放下手中的陶偶，穿上外套、戴上帽子，把自己裹得緊緊的，然後抓住了他的手。

傑森驚訝的看著艾瑪，不知道她接下來要做什麼。

「你把自己包得像粽子幹什麼啊？」

「跟我來，我帶你去一個地方。」

艾瑪拉著傑森從亨利小屋的後門出去，一轉眼就鑽進了森林裡。

雖然才剛過中午，但森林裡的大樹幾乎把太陽整個擋住了，只能隱約看見陽光穿透縫隙照在地上的光亮。

「欸！你要帶我去哪裡啊？」傑森甩開艾瑪的手，停住腳步。

「到海灘上去，我想讓你看一個很特別的東西。」

「我不要。」

「不要？為什麼不要？」

艾瑪覺得有點奇怪，傑森的好奇心這麼重，如果說要看特別的東西一定一口答應，現在怎麼一點興趣也沒有呢？

「我不喜歡經過森林。」傑森不好意思的低下頭，好像覺得自己很丟臉的樣子。

「你覺得森林很可怕是嗎？」艾瑪重新抓住傑森的手，「你不必怕。雷弗島的這片森林裡住著的只有漂亮的仙女，沒有妖魔鬼怪，如果害怕的話可以跟我說話，我就在這裡。」

「可是，森林裡有好多狗叫聲，聽了就覺得可怕。」傑森環顧四周的叢林，深怕一不注意，旁邊就會竄出一隻大黑狗來咬他。

「不用害怕。」艾瑪又強調了一次，「我告訴你，在雷弗島上，狗都是仙女的助手呢，所以牠們不會害你的。」

「真的嗎？」傑森還是有點害怕。

「嗯，其實森林很美，你要用心去感覺。」

傑森深吸了一口氣，用力點頭，「好，我不怕了。」

「很好，你是個勇敢的男孩。」

他們倆手牽著手穿過森林，一路笑笑鬧鬧，很快的就來到沙灘，海浪一波一波往沙灘上捲過來，讓傑森看得出神。

「嘿！快過來啊！」艾瑪不知道什麼時候已經跑到沙灘的另一端，現在正朝著傑森大力招手。

傑森奮力跑向艾瑪，「你不是說要給我看特別的東西嗎？」

「這個！」艾瑪指著身旁粗壯的樹幹。

「樹幹？」傑森大叫，「樹幹有什麼好特別的？」

「你別這麼急。」艾瑪把手指沿著樹幹往上移動，「喏，你看上面。」

在樹幹將近頂端的位置，有一間用好多好多木材搭建成的屋子，屋頂還用一層一層樹葉鋪滿，如果不仔細看根本不會發現。

「哇！是樹屋耶！」傑森的眼睛都發亮了。

那座樹屋，是艾瑪一歲那年爸爸幫她蓋的，花了兩年的時間才蓋好。除了亨利小屋的地下室之外，艾瑪有好多時間都窩在她的樹屋裡。

艾瑪的樹屋隱藏在幾棵大樹的後面，不容易被人發現。樹屋的高度又高，無論是大海、亨利小屋、還是凱爾國王的城堡，都逃不過她的眼睛。

沿著樹幹上的繩梯爬上去，艾瑪帶著傑森進入她的樹屋世界。

艾瑪的樹屋裡擺設簡單，有一張棉花團做成的小床，一張棉花團做成的小沙發，還有很多很多的書本堆在角落。

「這裡真的很棒，謝謝你帶我來。」傑森參觀完樹屋後對艾瑪彎腰鞠躬。

「喜歡的話可以常來，我也很喜歡這裡。」

走到窗戶旁，傑森往蔚藍的大海看去，心裡突然有個想法。

「艾瑪！」他開心的叫著，「我想到辦法了。」

「什麼辦法？」艾瑪來到傑森身邊，也放眼往海上看去，卻看不出個所以然。

「我想到對付凱爾國王的辦法了！」傑森得意的宣布。

「真的嗎？」這一次換艾瑪眼睛發亮了，「什麼辦法你快說呀！」

傑森指著窗戶外頭，「你看，這如果是一幅畫，那該有多美。」

「嗯……」艾瑪雖然點頭，卻不懂傑森說的這句話和對付凱爾國王的辦法有什麼關係，「但是，這幅畫和凱爾國王沒有半點關係啊！」

「沒錯，但那是因為他沒有看見這幅美麗的畫。如果他看見這樣一幅美麗的畫，一定會展現滿足的微笑。」傑森信心滿滿的說。

「你有辦法讓他看見這裡的美景嗎？凱爾國王生在城堡、長在城堡，我根本沒聽說他曾經出過城門，哪有可能到海灘上

來？」艾瑪有點喪氣，一方面覺得好不容易想到的辦法又要飛了，一方面又覺得凱爾國王太過份了，這麼美麗的景色不欣賞，只知道要欺壓人民。

傑森看艾瑪說喪氣話反而揚起嘴角。

「他不可能來海灘，但我們可以把海灘帶進城堡裡送給他呀！」

「帶海灘進城堡？」艾瑪覆誦了一次傑森的話。

「對，我們把海灘帶進城堡，就可以讓他跟我們一起欣賞美景啦！」

「不對耶，傑森。」艾瑪還是搞不懂，「海灘長在海邊，城堡蓋在山上，我們就算有魔法也不可能把海灘搬到山上去吧？」

「哈哈……」傑森一聽艾瑪的話立刻仰頭大笑，差點笑到喘不過氣，「你以為我要把海灘搬上山去？」

「不然呢？你要怎麼把海灘帶進城堡送給國王？」艾瑪滿臉疑惑。

「跟我來，我就告訴你。」

傑森一溜煙沿著繩梯下了樹屋，大步奔跑踩過潔白的沙灘，不知情的艾瑪沒辦法，只好跟在他屁股後一路追趕。

他們飛也似的穿越沙灘、穿越森林，回到亨利小屋的草地上。

海風追著他們，也一路穿越沙灘、吹過樹梢，它將要吹進凱爾國王的城堡裡，為凱爾國王帶來人生中第一個微笑。

第六片——微笑拼圖

傑森向亨利叔叔要了一塊比門還要大的大木板，又借了各式各樣的顏料。

「你要做什麼啊，傑森？」亨利叔叔看傑森吃力的搬著木板，忍不住問。

雖然快被木板壓得喘不過氣，傑森還是擠出了一個微笑，「亨利叔叔，別急嘛，你很快就會知道了。」

一個提著顏料，一個扛著木板，艾瑪和傑森又一次跨過森林小徑，來到海灘。

「傑森，你現在可以告訴我了吧？你要怎麼把海灘帶進城堡裡送給凱爾國王？」艾瑪將手中的顏料遞給傑森。

傑森拿出一枝畫筆，在空中揮舞兩下，「雖然我們不是小精靈，沒有神奇的魔法，沒辦法把這片海灘變到城堡裡，但是我們有手、有筆，我們可以用畫的啊！」

「噢，對耶！傑森，你真的好聰明。」

於是，他們倆的計劃展開了，他們要用這幅美景改變凱爾國王！

他們把大木板架在沙灘上，從中間開始，一個往右畫，一個往左畫，畫累了就爬上樹屋睡一覺，畫餓了就拿出從亨利小屋帶來的三明治，坐在白沙上邊吃邊欣賞風景。

第四天的早晨，太陽剛從海平面升起的那一剎那，這幅美麗的畫終於完成了，傑森在天空上畫下最後一隻海鷗。

「完成了！」傑森興奮的爬上樹屋，搖醒正在打瞌睡的艾瑪。

他們倆踩在沙灘上，比對著眼前的美景和畫裡的美景。

這幅畫真的好美。

翠綠的樹叢、白色的沙灘、清澈的海水、蔚藍的天空，還有黃澄澄的太陽垂在天上，就像是剛從眼前摘到木板上的。

「沒想到我們真的可以完成它。」艾瑪輕輕摸著木板，不可思議的說。

「我們當然可以！」傑森驕傲的點點頭，「而且我們還會用它改變凱爾國王！」

可是，艾瑪好像突然想到些什麼，臉色一下子變了。

「傑森，你覺得凱爾國王看見這幅畫真的會笑嗎？」

「為什麼不笑？」

「如果這麼容易就能逗國王笑，那他為什麼不去看他自己收藏的寶物就好呢？它們也很美啊！」

艾瑪說得很有道理，凱爾國王就是因為擁有太多東西才會不知足的想要更多東西，如果這麼容易就讓他得到這幅美麗的畫，他一定不會滿足的。

「啊，我想到了。」傑森突然大叫，「如果國王付出自己的力量後才得到這幅畫，他一定會更加珍惜的，那我們就把這幅畫變成拼圖，讓國王自己把它拼好吧！」

「嗯，這是個好辦法。」艾瑪也同意傑森的說法。

於是，這幅美麗的圖畫就被他們裁成一千塊大小相當的七彩木塊，裝進大麻布袋裡，等待凱爾國王的開啟。

好不容易，亨利小屋為凱爾國王表演的這天終於來臨了，傑森拿出那口麻布袋，自告奮勇陪亨利叔叔到城堡去。

在寶座前，傑森絲毫不畏懼那個被艾瑪形容得像是怪獸的凱爾國王，反而有信心自己一定能得到國王賞賜的微笑。

「凱爾國王，今天傑森為您帶來的不是精采的歌舞秀，而是一個十分特別的小遊戲。」傑森兩眼直盯著國王，很誠懇的說，「不過，這個遊戲需要國王的參與，請問您願意嗎？」

「哦？要我參與你帶來的小遊戲？聽起來很新鮮呢！」凱爾國王挑挑眉，想也不多想就下了寶座來到傑森面前。

傑森亮出身後的麻布袋，將袋口朝下，唰唰唰的倒出早就被裁好的一千片小木塊。

雷弗島上唯一的那片美麗海灘，就這樣被傑森一把倒進城堡裡，也倒進國王的眼裡。

「現在，地板上有一千片小木塊，可以組成一塊大木板，木板上是一幅獨一無二的美麗圖畫。如果國王想要珍藏這一份獨一無二的美景，就得先把它拼好。這就是我今天為您帶來的遊戲，請您好好享受。」傑森拿著空麻布袋微笑退開。

獨一無二的美麗圖畫，凱爾國王一聽就想要收藏，立刻抓起地毯上一片片木塊，卻不知道該從哪裡拼起，他左手拿起一塊，右手又丟掉一塊，就這樣拿來拿去、丟來丟去，半小時過去了還是沒有進展。

終於，凱爾國王受不了了。

「你們，今天別拘束了，別當我是國王。」

他對著台下的觀眾和侍衛大喊，「快上來和我一起拼好這幅圖畫吧！」

聽了國王的話，所有人都不敢待在台下，就怕國王一生氣會責罰他們。

台下的人一股腦往台上擠，台上瞬間亂成一團，嘈雜聲此起彼落。這一邊可以看見有人被撞倒，那一邊又可以看見有人的裙角被踩到，人仰馬翻的樣子，好不熱鬧。

「這塊是綠色的。」

「這塊是藍色的。」

大家有默契的先將顏色分門別類以後才開始繼續拼圖，一些人負責白色、一些人負責藍色……這樣子的條理真的讓拼圖的速度變快了許多。

圍在拼圖的四周，大家七嘴八舌、笑聲四起，拼圖總算在太陽即將落入海平面的前一刻拼好了，所有人看著地毯上那幅美麗的畫，不禁鼓起掌來，甚至不斷稱讚那是世界上最美的一幅畫。

「好美，這是哪裡啊？」

「就是雷弗島最西邊唯一的那片沙灘啊！」傑森在一旁回答，他並不意外大家從未正眼瞧過海灘。

「這是雷弗島的沙灘？」有一個婦人相當驚訝，「怎麼可能？我在這裡住了三十年竟然不知道我們島上的沙灘這麼美？」

「要不是因為這幅拼圖，我可能永遠不知道雷弗島有這麼美的一個地方，謝謝你把這幅美麗的圖畫送給大家。」

「是啊，謝謝你。」

大家的笑語此起彼落，傑森也感動的笑了，他知道他這些天的辛苦是值得的，他想要立刻和艾瑪分享：他們真的改變了大人。

看著圍在圖畫邊歡聲雷動的人們，凱爾國王終於感覺到那股滿足了。他有這麼多和善的人民，有這麼華麗的城堡，有這麼美麗的景物可以欣賞，他還奢望什麼呢？

凱爾國王坐回寶座，露出了滿意的微笑。

「雖然只是一幅圖畫、一個小遊戲，卻讓我感覺大大的滿足。我一直沒發現自己其實是個幸福的國王，我擁有雷弗島，擁有這座城堡，擁有豐富的物產，擁有美景，更重要的是——我擁有你們。」

傑森和艾瑪雖然只是孩子，卻成功的將美麗的海灘帶進城堡，成功的改變雷弗島、改變凱爾國王、改變這個不曾笑過的世界。

那天晚上，凱爾國王立刻把過去從人民家裡搜括來的寶物全部退還，還舉辦一個晚會籌謝雷弗島人一直以來的辛勞，大家在城堡前的花園裡唱歌跳舞，多麼歡樂。

這幅微笑拼圖，不只讓國王改變了，也讓法令改變了。

從前規定進城堡取悅國王的日子，被改成島民和國王一起完成拼圖的日子。因為這項法令，讓傑森和艾瑪有了一個特別的工作機會，那就是——為國王製作更多獨一無二的「微笑拼圖」。

兒童文學18　PG1257

少年傑森冒險記

——雷弗島

作者／羅　莎
繪者／羅　莎
責任編輯／林千惠
圖文排版／賴英珍、周好靜
封面設計／王嵩賀
出版策劃／秀威少年
製作發行／秀威資訊科技股份有限公司
114 台北市內湖區瑞光路76巷65號1樓
電話：+886-2-2796-3638
傳真：+886-2-2796-1377
服務信箱：service@showwe.com.tw
http://www.showwe.com.tw

郵政劃撥／19563868
戶名：秀威資訊科技股份有限公司
展售門市／國家書店【松江門市】
104 台北市中山區松江路209號1樓
電話：+886-2-2518-0207
傳真：+886-2-2518-0778

網路訂購／秀威網路書店：http://www.bodbooks.com.tw
國家網路書店：http://www.govbooks.com.tw
法律顧問／毛國樑　律師

總經銷／聯寶國際文化事業有限公司
221新北市汐止區康寧街169巷27號8樓
電話：+886-2-2695-4083
傳真：+886-2-2695-4087

出版日期／2015年8月　BOD一版　**定價**／220元
ISBN／978-986-5731-19-9

秀威少年
SHOWWE YOUNG

國家圖書館出版品預行編目

少年傑森冒險記：雷弗島 / 羅莎著. 繪. -- 一版. -- 臺北
市：秀威少年, 2015.08
面； 公分
ISBN 978-986-5731-19-9 (平裝)

859.6 104000770

讀者回函卡

感謝您購買本書，為提升服務品質，請填妥以下資料，將讀者回函卡直接寄回或傳真本公司，收到您的寶貴意見後，我們會收藏記錄及檢討，謝謝！

如您需要了解本公司最新出版書目、購書優惠或企劃活動，歡迎您上網查詢或下載相關資料：http:// www.showwe.com.tw

您購買的書名：________________________________

出生日期：________年________月________日

學歷：□高中（含）以下　□大專　□研究所（含）以上

職業：□製造業　□金融業　□資訊業　□軍警　□傳播業　□自由業

□服務業　□公務員　□教職　□學生　□家管　□其它____

購書地點：□網路書店　□實體書店　□書展　□郵購　□贈閱　□其他

您從何得知本書的消息？

□網路書店　□實體書店　□網路搜尋　□電子報　□書訊　□雜誌

□傳播媒體　□親友推薦　□網站推薦　□部落格　□其他__________

您對本書的評價：（請填代號　1.非常滿意　2.滿意　3.尚可　4.再改進）

封面設計____　版面編排____　內容____　文／譯筆____　價格____

讀完書後您覺得：

□很有收穫　□有收穫　□收穫不多　□沒收穫

對我們的建議：________________________________

____

____

____

請貼
郵票

11466
台北市內湖區瑞光路 76 巷 65 號 1 樓
秀威資訊科技股份有限公司 收
BOD 數位出版事業部

(請沿線對折寄回，謝謝！)

姓　　名：＿＿＿＿＿＿＿＿＿＿　年齡：＿＿＿＿　性別：□女　□男

郵遞區號：□□□□□

地　　址：＿＿＿＿＿＿＿＿＿＿＿＿＿＿＿＿＿＿＿＿＿＿＿＿

聯絡電話：(日)＿＿＿＿＿＿＿＿＿＿＿＿(夜)＿＿＿＿＿＿＿＿＿＿＿＿

E-mail：＿＿＿＿＿＿＿＿＿＿＿＿＿＿＿＿＿＿＿＿＿＿＿＿